たましひの薄衣

菅原百合絵

書肆侃侃房

情念についての美しい芸術はありますが、情念に満ちた美しい芸術というものは矛盾です。美の必然的な効果は、情念から解放することだからです。

シラー『人間の美的教育について』

目次

IV

装幀　須山悠里
カバー写真　Anders Edström「129.02.6A」

I

Figures sans figure《かたちなきすがた》

熾火の村。わたしはお前が絶えず生まれゆくのを見ていた、ドゥーヴよ、
そして、絶えず死んでゆくのを。
（イヴ・ボヌフォワ『ドゥーヴの動と不動』）

パロールの泉に足裏《あなうら》をひたすあなたの零す言葉にぬれて

魂を揺らす鞦韆《ふらここ》しづかなりサン・サーンスのスワンの眠り

先つ世の夢聞くごとく思はるるparfumeur《調香師》とふ職あることを

生き死にの外《ほか》なるものの美しさトパアズ色に香水は澄み

ギデオンの兵が屈みて唇《くち》ふれし湖《うみ》を思へり風そよぎけむ

ほぐれつつ咲く水中花――ゆつくりと死をひらきゆく水の手の見ゆ

その母はお針子なりきローランサンの灰青色《ブルー・グレー》の深きさびしさ

雨霽れしのちのあかるさ　窓ぎはに孤舟のごとき悲を放ちやる

「輪郭のないものばかりうつくしい」　水辺に春のひかりながれて

声の静寂《しじま》

わたしたちの心は不完全な楽器である。それは弦が何本か欠けていて、憂愁に割り当てられた調子にのせて歓喜の響きを奏でなければならない竪琴なのだ。
（フランソワ＝ルネ・ド・シャトーブリアン『ルネ』）

朧かに家並みの光映しゐる夜のローヌの波なき流れ

スカートの裾ゆつたりと捌きつつ春のねむたき坂くだりゆく

ひとを待つ道に葉叢はそよぎをり心弛《たゆ》みて末葉《うらば》に手触る

手を頰にあててしづかに聞きくれぬ頷くときに翳る横顔

魂に錨を降ろすやうな声もちて語れり静寂《しじま》のうちを

ティーカップにベルガモットの香り充ち相黙しをり心ほぐれて

雨　と言ひ外を見てゐる時の間は同じ方向く二人となりぬ

髪ときて目を瞑りたり眠りゆく己が姿を誰も知りえず

スピノザの澄みてまどかな諦念の恋ほしき日なり　川をゆく舟

水鳥の羽は波紋を立てながら川面に触れぬ飛びたつ前を

L'amante à venir《来るべき恋人》

だが、まだ来るべき歌でしかなかった不完全な歌によって、
セイレーンたちは真に歌が始まるであろう空間へと
船乗りを導いていたのだ。
（モーリス・ブランショ『来るべき書物』）

『フェードル』の焔《ほむら》なす恋たどりつつ聞けば総身にさやぐ葉桜

山わたる風を恋ほしみ evian のボトルは夜の卓を澄みゆく

雪なりし記憶持たねど氷片を置けばグラスに水のさざめき

電車にて隣り合ひたるおほき背を父とも思ひしばし凭るる

千の蕊ふるはせてゐる春雷も天のこぼせるひかりのしづく

雨降れば雨匂ひたち方舟の記憶遥けきゆふべとなりぬ

さらさらと文字生みながら倦みてゆくランプシェードの端から昏れて

L'amante à venir《来るべき恋人》のためアダムより取られし肋をわれも秘めもつ

感情のうつはとなりて昇りをり夜の終着駅の階《きざはし》

睡蓮の淡きくれなゐ　届かざるものの名は胸に呼ぶほかなくて

シレーヌの歎息

Le corps est le tombeau de l'âme《肉体は魂の墓》　舟発ちてしまらくを揺れやまぬ漣

午前から午後へとわたす幻の橋ありて日に一度踏み越す

ネロ帝の若き晩年を思ふとき孤独とは火の燃えつくす芯

この雨はシレーヌの歎息《いき》　しめやかな細き雨滴《うてき》に身は纏はらる

うずくまり本拾ふとき思ひ出づ石女《うまずめ》といふ聖書の言葉

晩年のロラン・バルトの疲労《ファティーグ》に降り積もる雪の夜を帰り来ぬ

をさな子に鶴の折り方示しをり　あはれ飛べざるものばかり生む

港には舟が家には人が寝るさびしさに夜といふ時間あり

花ひらくやうに心は開かねど卓にほつとり照るラ・フランス

夕風が窓から窓へ通りゆく淡さにひとひ終へてしまひぬ

渡河

〈先生〉と胸に呼ぶ時ただひとり思ふ人ゐて長く会はざる

カーテンを透かしてきみが見ゆる午後　思ひは光ほどは届かず

目が合ひて逸らせばやがて舟と舟ゆきかふやうにさざなみ来たる

くちづけで子は生まれねば実をこぼすやうに切なき音立つるなり

ゆき先のなき旅として朝までをきみと白川夜船に乗りぬ

眠りとは紛れなく渡河　夜と朝のしろきほとりに身は濡《そほ》ちつつ

フランス語には「小さな死（la petite mort）」という表現がある。

ちさき死の果てのおほき死　朝なさな薄氷《うすらひ》破るやうに目を開く

器官みなほとぶる心地に朝四時の雨音　まして初夏の霧雨

会ふことと会はざることの境目に待つとふ不可思議の時間あり

夕風に樹々はしづくを揺りこぼし今し一人に寄りゆく心

それぞれの切り岸に立ち河越しに呼び交ふのみの恋なり　いつも

水際《みぎは》の窓

頬よせて中から海を見やるとき窓もひとつのちひさき水際《みぎは》

どの船も各々白き波を曳くさびしき午後の海を見てをり

目覚むれば昼の岸辺にたどりつくオフィリアよりも遠くながれて

炎天の橋わたりつついづくより天の界へとなりしか知らず

ハーブティーそそぐあしたを海鳴りのごとく遥かなあこがれはあり

ひらひらのTシャツこころもとなきを脱げばなほさら頼りなき背《せな》

業ふかきゆゑといはねど人間もくちづけられし場所より灯る

ふかく眠り終へてからつぽ　すきとほるペットボトルの水を分け合ふ

愛執と愛の差わづか三日月のあやふき欠けを見つつ帰りぬ

言葉では救へぬ人といふことも（知つてゐるけど）日傘をたたむ

音立てずスープのむときわがうちのみづうみふかくしづみゆくこゑ

箱舟に乗せられざりし生きものの記憶を雨の夜は運び来

想念の湖

愛しているとか、彼女のことを美しいと思っている、と彼女に言ったところで無駄だったろう。愛に満ちた彼の眼差しは、彼女のなぐさめになることはなかったであろう。愛の眼差しは、孤独にする眼差しだからである。
（ミラン・クンデラ『ほんとうの私』）

逢ふ前の時間はいつも心もとなくてあかるき樹下に待ちをり

いつしんに髪梳くわれの放心に触れがたしとぞきみは告げくる

哲学史には書かれねどデカルトの、パスカルの、ニーチェの病身

たましひにこゑなく行き場あらざるを午後の電車の窓に悲しむ

きざし来て手放しがたき感傷を栞のごとく本へ閉ざしつ

薔薇の花くれし日ありき思ひ出は右手《めて》でほぐして左手《ゆんで》で散らす

顔洗ふときにもみづは重たきにいかなる岸を彼岸とはいふ

思慕として言葉にすれば消ぬるべきほたるいつより胸に灯れる

銀杏樹はさらさらと揺れ夕さりの感情と思惟に差異はあらざる

視えぬ傷を視えぬ指もてなぞりゆく夜の想念の湖《うみ》揺れやまず

II

Sérénité《静謐》

通り雨のしづくを傘に光らせて影ほつそりとわれを待つ人

ギャラリーへ続く階段くだるときしんと寡黙になる貌を見き

初夏なれど絵のため部屋は冷やされぬショールをかけてしづかに巡る

南仏の海はまばゆく北仏の海はねむたく左右に並ぶ

目つむりて祈る少女のながき髪筆こまやかに黒く描かる

椅子ふたつ並び置かれて人をらぬ午後のテラスをわたる海風

モノクロの写真の中にをみならは針仕事してみな俯けり

アンリ・マルタン「静謐（Sérénité）」

時間なき世界に音なく川ながれ音なく人ら笑ひさざめく

描かれているのは死者の楽園エリュシオン。ウェルギリウスの『アエネーイス』では冥府にあるという。

たましひのまとふ薄衣《うすぎぬ》ほの白し天を舞ふときはつかたなびく

人界に戻れば体温みくるさびしさに買ふ葉書一葉

流れゆく笹舟ほどのあてどなさ夜の往来に紛れあゆめば

記憶の舫

図書館の窓に白雨はひかりつつ身を焦がすほどの恋を知らざる

子をいだくやうに辞典を抱へ持ち滑稽の思ひきざし来るかも

ノアのごと降りこめられてゐるゆふべcorps《からだ》をcorps《かばね》と訳し直しぬ

掬ふときなにかを掬ひのこすこと〈ひかり〉と呼ぶと死ぬる蛍《ほうたる》

金の雨となりて女と交はりきあはれ古代の神の性欲動《リビドー》

あきらめに身をゆだねきる快楽《けらく》もてねむりを容るる海となりゆく

息つめて『ラ・テバイッド』にたどりゆく人の心の壊れゆくさま

狂ふ惨狂はぬ惨と描きわけ若きラシーヌの筆たしかなり

日記帳《カイエー》はほのあかるくて人の死を白き記憶のほとりに舫《もや》ふ

把手圧すわが腕力は抽斗をふたたび闇へしづむる力

水差し《カラフ》

水差し《カラフ》より水注《つ》ぐ刹那なだれゆくたましひたちの歓びを見き

触れあへぬ間隔もちてたつ並木それぞれ違ふ影をおとして

ブラインドあげて見遣れば道をゆくだれも絵本の旅人のやう

弦楽器の弓の葦原そよがせてヘンデルといふねむたき岸辺

薄暗き書庫に踏みこむ冷たさは野をゆく心地　深く息吸ふ

灰色の空より雨は降りこぼれきみの待ちゐる駅舎をつつむ

すきとほるビニール傘の下をゆき幻視のやうにあやふし街は

ストローを吸ひ尖るくち　しみじみと悲しき顔を見てしまひたり

心とふ静かなる沼侵されず侵さずとほき二人と思ふ

どの枝も葉を震はせて淋しがるとき金色にかがやく並木

光を漁《すなど》る

イエス、シモンに言ひたまふ『懼るな、なんぢ今よりのち人を漁らん』
かれら舟を陸につけ、一切を棄ててイエスに従へり。
（『大正改訳聖書』ルカ傳福音書五章一〇－一一節）

カーテンに凪みたしをり今朝よりはひかりを漁《すなど》る者となるべく

切なさと恋の別とぞ　淡雪とほたるの違ひほどに思はる

睫毛長きひとのよこがほ　まばたきのたび翅《は》をたたむ蝶のごとしも

ブラインド越しの光のずたずたに曝されてをりきみの午睡が

ルノワールの裸婦のびやかに身を反らし桃剝けば実のあらはなる惨

渇きつつ刹那イエスを思ひしがやがて飽くまで飲みて足らひぬ

スプーンの横にフォークを並べやり銀のしづかなつがひとなせり

高速に群れなす車みな灯るあやふさ、これは陸《くが》の不知火

手をみづに浸して葡萄洗ひをり秋思払ふといふにあらねど

静かの海

一生は長き風葬　夕光《ゆふかげ》を曳きてあかるき樹下帰りきぬ

折々に沈黙《しじま》へ櫂をさし入れて舟漕ぐやうなる会話と思ふ

光さす方へと人は歩みゐてコローの描きし森午後ならむ

苦しみを言はねど君は肖像の底ひの深さながく見てゐき

けだるさは沼、晩禱の鐘が鳴りそこにかすかな波紋をつくる

異郷すなはち春に桜の咲かぬ場所無雑作に服選りて外《と》へ出づ

いとせめて恋ほしき夜なり地に雨が月にMare Tranquillitatis《静かの海》が冷えゆき

録音に聞けば拍手は火の罅ずる音　そののちの長き夕闇

歌ふやうにあるく人なり待ちくるる間はもくれんの枝にもたれて

自棄のやうにまばゆき風が吹くたびに撒き散らされて木洩れ日ひかる

わが生にあづかりしことなき快楽《けらく》　泥酔の人といふもの見たり

存在の心細さをひからせて花冷えの中バスが走り来

戻り来しひとは煙草の強き香に混じりて夜気をはつか匂はす

釣鐘草揺らしてあそぶ　逢はぬ日と逢ふ日をかさね春は終はりぬ

レテ河の舟

夜の窓に百合の香つよし籠められてなほ狂ほしく蘂は蜜垂る

人ひとりしづめて眠る沼のやう　手記のをぐらきページをひらく

没年を余白にうすく書きたしておほよそ訳の準備整ふ

うつむきて髪を濯ぎぬ新約に処女は娼婦と同じ名にして

悲しみが記憶の圧を押しひらく烈しさ　日傘さす瞬間に

死ぬるほどの恋と思ひて死なざりき水ほそく出しグラスを洗ふ

孤独なりし死期を思ひて読みすすむ愛されし幼年の記述を

故郷《ふるさと》を追はれし者と故郷を棄てし者いづれかなしかるべき

淋しさを手記に書かれし湖《うみ》とほく窓より鳥が渡りゆく見ゆ

打ち寄せて無限に返りくる水を狂人ニーチェも深く愛しき

狂はねばさらに不幸になりけむと春の雨降るニーチェの背なに

旅愁濃きチューリヒに見き光《かげ》の奥に影かくまひてしづかなる梢《うれ》

教会の尖塔に降るこれはかつてサウロの眸《まみ》をつらぬきしもの

壮年の終はりまで来つ　筆遣ひ悲にして疲なる不遇の日々は

性を書くときに文体《スティル》は入り組みて襞なすひそやかな水中花

せつせつと手紙に書かれまさびしき老いも訳せり癒やすすべなく

語源なる passio《苦》 の泉より passion《情念》 の潮《うしほ》吹きだすまでをたどりつ

うしろから稿読めば夜は白みきて死から生へとさかのぼる舟

なし終へて虚貝《うつせ》となりしたましひに風は此岸の時を吹き寄す

灑灑《さいさい》と夜の輪郭をうるほせる雨音聞こゆ眠りの間《あひ》に

III

禱るひと

胸ふかく咲き満ちてゐる春愁をそよがせて午後の樹下を歩めり

いはばしり激つ恋慕にあらざれど春の潮《うしほ》のごとき逢ひたさ

もの言はずわれを目守《まも》れる時間にも慣れて窓辺に零るる辛夷

くきやかに骨のかたちを見せながら息吸ふときに喉は隆起す

闇充てる洞《うろ》より風を送り来し電車に乗せてひとを帰せり

ゆく道に気づかざりしを戻りきて昏れなづむ白木蓮《はくれん》に打たれき

水面から飛花が水底へとしづむ神のまばたきほどの時の間

情念は黙《もだ》ふかくあり十四年耐えてラケルを娶りしヤコブ

読みゆけば心はつひに愛さるるなくて嫉妬《しふ》ねきレアに寄りゆく

祈るとき瞑《めつむ》るひとのなぞへなく淋しきさまを幾たび見つる

春寒の岸に思ほゆヴァージニア・ウルフのほそくながき顔《かんばせ》

ウーズ川の暗き流れに身を投げつコートの裡に小石を詰めて

アンリ・マルタン「ため池のそばの少女 (Jeune fille près d'un bassin)」
魂は水の浅きをなづさへりうつし身ゆゑにゆけざるところ

ゆるされず触れえぬ人と知りて恋ふ月はひかりの筋を曳きつつ

逢ふたびにこころを毀《こぼ》ち合ふほかはなくて今年の春を逝かしむ

存在《エートル》の黄昏　（本歌取り三首）

ほのしろき薄暮の街にたちのぼる存在以前への郷愁は（吉田隼人『忘却のための試論』）

風吹きてゆらぐ水鏡《すいきやう》　夕さりを存在《エートル》灯るほどにひと恋ふ

きみは、きみが己と呼びあらわす秘密で満ちている。きみはきみの未知なるものの声である。

（ポール・ヴァレリー『ムッシュー・テスト』）

きみの知らぬきみに触れえず午睡する幽《かそ》けき息を聴きゐたるのみ

わたしはわたしにとって、相変わらず不幸な場所であり、わたしはそこにとどまることもできず、そこからたちのくこともできなかった。わたしの魂は、わたしの魂を去って、どこに逃れることができるであろうか。

（聖アウグスティヌス『告白』服部英次郎訳）

風ひかる春の岸辺を行きゆけど魂は水脈《みを》ひきて随《したが》ふ

Clair de lune《月明》

本当のところは、道徳に出会う前に愛と出会わなければならないのだ。そうでなければ、その二つはともに死んでしまう。だがこの地上は残酷なものだ。愛しあう者たちが一緒に生まれればよいのだが、人は人生を生きるにつれてよりよく愛するようになるのであって、そして人生そのものが愛から人を隔てるのだ。打開策はない——幸運、ひらめき——あるいは苦しみのほかには。

（カミュからシャールへの書簡）

本棚に倚りて心をさだめをり最後に問ひたきことは問ふべく

改札の雑踏に待ちたまふなりストールに顔すこしうづめて

目を伏せて長き睫毛のあらはなる面ざしに陽は淡く射しゐき

耳寄せて声聞く午後をうす紅の花ひらきゆく心となりぬ

手を伸べてかい撫づることあたはざる背なと見てをり後ろ姿を

寡黙なるひとと歩めば川音はかすかなり日傘透かして届く

魂をあなたの胸に触れしめて黙長《もだ》かりき落ち葉踏みつつ

なにか告げかぬる顔して白き花揺るる傍へに佇みてをり

苦しき恋を切々と言ひたまへども心をかへす術など知らず

切り岸のやうなる終はりを選びたり帰路をひかりに濡らす街灯

夕風に揉みしだかれて撓ふ枝　名を呼びしことつひに無かりき

窓に頬つけて見てゐる月繊《ほそ》し夜をあなたの眠りに添はず

IV

静物画《スティル・ライフ》の日々

エマニュエル・カントのやうなる恋人とくらして静物画《スティル・ライフ》なり日々は

細胞はほの明かりしてきみの見るナノ・メートルといふ単位はも

素粒子の相転位ゆゑ滅ぶとふ宇宙語る間紅茶冷えゆく

渡されしカメラもきみのまなざしの容れものでありそつと抱きとる

歩みきて真昼の川に会ふ　水の流れにあらずきらめきの帯

頬よせて画集ひらけば身はきみの拍動を聴く耳となりゆく

しろがねのボウルに雪を降らしむる神となりきみが粉振るひをり

言葉から言葉が生まれさゐさゐとニューロンの樹は脳《なづき》にそよぐ

培養基の世話にと夜を出かけゆく　ちひさきものと逢瀬あるべく

風の痕跡《トラス》

『ハドリアヌス帝の回想』読むたびに心に霧のごとき雨降る

眠らむと目を瞑りゐる時の間を記憶の襞のひらきゆく音

身内《みぬち》ゆくみづの巡りを思ひをり風なりやまぬ夜を覚めゐて

秋のローヌ川を散歩した日々

まだ深き眠りに沈む家々を過ぎて夜明けの岸に着きたり

釣り針を水に垂らして待つひとを照らして淡し朝の陽射しは

風吹けばとりどりの樹の枝たちがみなさざめきて呼びかはす音

君の目が朝の水辺を見てをりぬ川を訪ふ風の痕跡《トラス》を

新刊の棚に積まれてハイデガー講義録ほの青く翳れり

フォリオ版のサルトル『嘔吐』の表紙にはデューラー「メランコリア」が描かれている

昏き海に昏き陽沈みふかぶかと《憂愁の天使《メランコリア》》を覆へる狂気

夜くだちて読みつかれたり見えざれど満ちゐる星を恋ひつつ眠る

夜の沈思

あまたの花は、心ならずも
秘密のように甘美な香りを
深い孤独のうちにあふれさせる。
（ボードレール「不運」『悪の華』所収）

丈高きチュイルリーの樹に添ひあゆむ若きリルケの孤独の象《かたち》

遠くから見れば《アヴィニョン》ものみな輝《かがよ》ひて日暮れの橋はかすかに霧らふ

晩春の風温みゐる古書店に『閨房哲学』購ひて出づ

聖堂の扉重たくあへぐまで体軀を寄せて押しひらきたり

穹窿《ヴォールト》に静寂《しじま》淀めり　晩年に*Summa* の加筆止めしアクィナス

中庭は菜園なりきひつそりと佇つオリーヴを虔《つつし》みて過ぐ

神の義《ジュネーヴ》のために焼かれし村あまた一六世紀の年譜たどれば

追ふ者は追はるる者に転じつつ焚刑といふ最期もありき

残光にレマン湖のみづ燿《かがよ》へり異端者セルヴェを燃やしたる都市

霧雨にぬれて微光をかへす樹の静けさに凪ぐ夜の思ひは

いつしんに心を寄せて憶ふ人ありしこと春のさざめく川に

逢ふ前の道ゆきに息おさへつつ幾たび心しづめゐたりき

病《いたつき》のやうには消えぬ恋ならむ蠟は燃えつつ澄みゆくものを

Partir, c'est mourir un peu《発つことは死にかも似る》

うつりゆく季節の際《きは》を歩みきて婚前といふ時間に入りぬ

髪梳きて瞑《めつむ》るはつか眼裏に餓死せるアンティゴーヌと見《まみ》ゆ

図書館の窓大きくてあふれ咲く辛夷を春の南風《はえ》は散らすも

「大勢の人だかりが静かな満足感に沸き立つなかで処刑場へ引かれてゆく妃という光景を見るのは、さぞ興味深いことだったにちがいない！」
（ルジフ紙、共和暦2年1月30日）

持参金《ドット》もて売られ来し妃を死なしめて憎しみの霧雨しづかなり

たはやすく信が不信になるさまを辿りつ王が弑《ころ》さるるまで

一瞬もあなたのことを思はざる午後と気づきぬ陽は翳りつつ

「欲求（besoin）。それは欲望（désir）よりもなおはるかに悪いものです。そしてまったくの別物です。それは、あなたのことを考えるのすら計り知れない苦痛として感じられるということなのですから。あなたが誰であり、誰であったのか、そしてあなたが存在していたことですら忘れたいということなのです。」

（ヴァレリーから恋人ジャン・ヴォワリエへの書簡）

バテシバの衣《きぬ》は油彩に透きとほりあな老いらくの淫のさびしさ

感情の波なき人と暮らす日々あるいはeau morte《にはたづみ》の謂《いひ》かも

復讐の果つる場面にラシーヌの詩行燦たり玻璃のきらめき

読み飽きてわがたもとほるマロニエの並木はすずし小花そよぎて

死ののちは朽つる不浄の肉体を風妖精《シルフ》は樹下に吹きとほりゆく

メモ帳に数式は書きのこされてあなたのほそき指を恋はしむ

レディ・グレイをマグに充たせり感傷を飼ひ馴らしうる齢《よはひ》などなく

「ユダがパン切れを受け取ると、サタンが彼の中に入った。そこでイエスは、「しようとしていることを、今すぐ、しなさい」と彼に言われた。」（『聖書　新共同訳』ヨハネによる福音書一三章二七節）

眠る前ひらく心の眼に見ゆるユダを促す主の微笑はも

Partir, c’est mourir un peu《発つことは死にかも似る》と嘯きて発つごと今し娶《ま》かれなむとす

青海波

青年と男を分かつ切り岸に源氏妖なり青海波舞ひて

硬質な冬の陽射しにさらされて川の底ひに石は光れり

曇天を映せるビルの窓あまた雲のうつはとなりてしづもる

明け方の冷たさしるし眠らずにひとりへ手紙書き継ぐ日々を

「サムエル記上」読みゆけば罅割れし磁器の脆さに狂ひゆくサウル

背骨からかすかに胸へのぼりきぬ悲傷の芯のごとき疲れは

マフラーが隠すあなたの表情を星座のやうに推しはかりゐき

サラダ菜を取り分けてゐる手をとめて月の組成のこと語りいづ

アボカドの芯抉るたびうつとりと浮かぶ原生林の暗がり

À chacun sa solitude《それぞれの孤独》

私の栄誉、私の権力はあんたの自由になっても、
私の悲しみはそうはいかぬ、私はまだ私の悲しみの王だ。
（シェイクスピア『リチャード二世』小田島雄志訳）

クリュニー中世美術館

磔刑のキリスト像は欠けながらはつかに笑まふごとき面なす

夜更けより時禱はありぬ祈るほか術なきことの多き時代に

人間は天使でも獣でもないが、不幸なことに、天使になりたいと思って
獣になってしまうのだ。
（パスカル『パンセ』）

動物と天使の間《あひ》に立ち尽くす中世といふ寄る辺なさ見ゆ

僧院で交配実験に費やした歳月は八年以上

メンデルの狂気慎みふかくして夕風さやぐ裏庭へ出づ

リュクサンブール公園

厳《いつ》しく髪編まれゐるいにしへの妃たち白じろと並み立つ

たをやかに性器かかげて木蓮の木末《こぬれ》に花の香はしたたりぬ

二人して朝な夕なを目守りたるつぼみは紅の濃さを増しゆく

ピレーモーンとバウキス

死の後に枝差しかはす淡さもて婚むすびたり寡黙な人と

女男《めを》ふたりつがひ住むこと羞《やさ》しくて川面に水鳥の曳く光

もの言ふに声荒らげしことのなき人なり鼻梁なだらかにして

それぞれの孤独に触れずカプチーノ淹れてあしたの卓を整ふ

「触らないで！　触らないで、さもないと水に飛び込みますわ！」

（モーリス・メーテルランク『ペレアスとメリザンド』）

毀《こは》さずには触れえぬものありペレアスの渉りたる情念の薄ら氷

メリザンドの住む城暗しさなきだにひとの心は測りがたきを

2020年3月、コロナウィルスが猛威を振るう中ロックダウンが行われる。国民が見守るテレビ演説で、マクロン大統領は「我々は戦争状態にある（Nous sommes en guerre）」と強調した。

雪解水ローヌへそそぐ弥生尽どの家も戸を鎖してしづもる

金色に連翹こぼれ散る午後を籠められて人は窓辺に佇てり

マキャヴェリの孤独

水盤に水注ぐやうなり三月の風なき午後を睡気充ちゆく

はなやぎて花粉ふりまく木々あまた見えざるものに怯ゆる日々を

ひらく窓鎖せる窓あり春淡き日暮れの空は色ふかめつつ

憎しみを汲みあげて咲く告発のはげしき記事を読みて疲れぬ

キリストを石もて追ひし人々の顔を思へりその微笑みを

本棚に背を撫でやれば『マキャヴェリの孤独』かすかに息づくごとし

うつむきてアールグレイを飲むひとへもの言ひかねつ湯気の向かふに

旧姓を「若き娘の姓」と呼ぶフランス語まだ馴染めずにあり

新しき名を言ふときの含羞も新妻ゆゑとわれは愛《かな》しむ

「わたしの夫《モン・マリ》」と呼ぶときはつか胸に満つる木々みな芽ぐむ森のしづけさ

昼のテラス

初夏のトラムの窓のあかるさよゆたかに午後の陽を透す樹々

仕舞ひゐしハイヒールにまだ馴染まざる足の記憶を呼びつつ歩む

休みつつ橋を渡れば水鳥は波紋つくりて群れあそぶなり

外出禁止令《ロックダウン》明けてはじめて会ふ人と川辺のカフェに風を浴びをり

となりあふ人はしづかにもの読みてゐたり　かぐろきヒジャブまとひて

息を吸ふやうに日ごとの献立を思ふ癖つきぬ妻とはなりて

昼闌けてひとりテラスにもたれをり明るさは虚しさと変はらず

もの書きて疲れたる目は夏草の光吸ひたる色をよろこぶ

炎熱の午後の通りに人絶えて眠れるごとき街となりゆく

ヴァカンスの季節は殊に人をらぬ街路のさびしさ飽かず見てをり

はしばみは濃緑いろに艶めきてこの夕立に匂ひたつ土

籠もりゐの窓辺に寄れば夕闇をしとどに濡れて人歩みゆく

あそびゐし少年たちもパーカーのフード被りて急ぎゆくなり

夕立のつづく水無月雨やみしのちも葉を打つ風響きをり

不在の在

モネの描く池に小舟はすてられて水面に影を落としゐるのみ

いづかたの岸にも着かずたゆたへる長き月日を画布に見てをり

横顔は影おほき絵に浮かびゐてベルト・モリゾの意志強き頬

人置かぬふらここひとつぶら下がり不在の在のかたち見するも

レースよりあらはに透けてクラナーハのヴィーナスの腰くびれてをりぬ

天使にも序列あたへし人間は愚かなり画布にセラフィム燃えて

もの言はぬ意志が微風を送りきて若き梢を撫でてゆきたり

葉のひとつひとつを透かし枝に地に秋の光はしたたり零る

夜の窓を打つ雨の音かすかなり人恋しさは鎮まりがたく

幸福なる家庭はどれも似かよふと言ひしはトルストイ　家並みの灯り

灯のつかぬ部屋に眠れる人々を汽笛のごとき遠さに思ふ

背骨浮くまでに疲れて書きし論読みかへしつつ心むなしも

手なぐさみに文鎮もちて握りをり夜の机にひとり覚めゐて

オルフェウスの弦

人気なき朝の街路も見慣れたり夜間外出禁止令《クーヴル・フー》のつづく歳晩

イヤホンのつめたさに耳朶《じだ》震はせて霧雨やまぬ朝を出でゆく

水晶の色なき色に透きとほる声もて心ぬらしゆくなり

星めぐるみづに喉《のみど》をうるほしてあなたのうたふソラリスの旅

午睡より目ざめて夢をたどりゐき真白き部屋のごとき記憶を

魂を調律しつつ弾くギター聞きをり窓に夕月まどか

冬薔薇のすがれゐる夜の寝室に nymphae florum《花妖精》 の吐息は聞こゆ

オルフェウス　あなたが弦を爪弾けば音は沈《しづ》きて灯る夜の湖《うみ》

起き抜けの弛《たゆ》きからだを満たしゆくシナモンティーは香りすがしも

ツリーなりし樅の木あまた捨てられてほそき枝葉を天へ尖らす

霧ごもる午後の階下にミルを挽く鈍き音して後の静けさ

ナイト・プール

空港のロビーは夜もあかるくてホッパーの絵の孤独兆し来

磨かれしホテルの部屋の窓あかり疲れたる眼をしばし遊ばす

みづいろのつめたき微光たたへゐる夜のプールに泳ぐ人なし

オレンジを切りつつ聞けば雨音は強さ増しをり夕闇のなか

浴室のマラーの胸を貫きし刃の感触もかく鈍からむ

ムンク「マラーの死」

息絶えて重き骸の質感をえがくムンクの筆荒々し

刺してのち裸身さらして立ちつくすシャルロット・コルデー画布に笑みゐき

コンコルド広場にギロチンありし日のごとく夜窓に浮かぶクレーン

果物を食べ終へしのち指ぬぐふひとの仕草もすでに見慣れぬ

花咲く乙女たち

その豊かな髪が流れの間に間にたゆたって、
ひとつの波をつくり出している、波打つベレニス。
（ミシュレ『海』）

晩夏《おそなつ》のノルマンディーに降り立ちぬ海風すでにつめたき夕を

海に向く窓に飛沫《カブール》は光りつつ白雨は波の音を消しをり

グランド・ホテル　Chambre 414 Proust

この部屋に幾夜を徹《とほ》し書きけむと死にたる人をひたに恋ほしむ

苦しみて書きし人なり草稿に抹消線《ラユール》あまた傷のごとしも

バルベック

砂浜にパラソルの色あふれしめ花咲く乙女の群れと会ひしか

愛しあふ少女執念《しふね》く描かれてgomorrhéenes《ゴモラの女》と名づけられをり

水底に家並《オンフルール》みしづめて透きとほる午後の波止場に風かすかなり

娶りてもわれを領さぬ人とゐて潮風浴みぬ昏れゆくまでを

マドレーヌ紅茶に浸しいつまでも触れえぬあなたの心と思ふ

目瞑りて眠りの岸へ着くまでの息見とどけてわれも眠りぬ

禁色

来て、ねうねう、といとらうたげになけば、かき撫でて、
うたてもすすむかな、とほほ笑まる（源氏物語「若菜下」）

猫去にて御簾揺らぎをり　禁《いさ》めこそ恋へと人を突き落とす崖

朝霧を湛ふるローヌ川越えて空気つめたき図書館へ来ぬ

ほの暗き書庫へ降りつつ兆しくる忍ぶ逢瀬の胸さはぎはも

眠りから醒まさぬやうに爪立ちて稀覯書匿《かく》す森へ踏み入る

血の色のインクもて題刻みゐる教皇庁刊 *Index librorum prohibitorum*《禁書目録》

濃く淹れしジャスミンティーはぬるめどもトパーズ色に透きて輝《かがよ》ふ

隣室に熟睡《うまい》するひと思ひつつ長く迷へり論の結語を

フランス国立図書館には、非道徳的で猥雑とされた作品を隔離している発禁本コレクションがある。通称「ENFER《地獄》」。

禁断の本のみ二千六百冊蔵《しま》はるるなり窓なき部屋に

« ces livres qu'on ne lit que d'une main » (Rousseau, *Les Confessions*)

「両手では読めぬ本」とぞ三世紀まへの装画の男女《みと》の目合《まぐはひ》

一七四二年、好色小説《リベルタン》『ソファ』刊行。「道徳的不埒さ」を理由に、当局は作家クレビヨン・フィスを首都パリからの追放刑に処す。

慎みと淫の間《あはひ》にさやさやとひと世を賭けて恋あそびせむ

本も人も焼き来し火かもうつとりと昏れゆく部屋に蠟燭灯す

人死にて言語《ラング》絶えたるのちの世も風に言の葉そよぎてをらむ

朝光《かげ》に散りやまざる葉シニフィアン／シニフィエの枷みづから解きて

ほろびたる本の楽園《エリゼ》に幻のアリストテレス『詩学』第二巻

睡りゆく意識の中をアレクサンドリア図書館燦と燃え落つ

靄ごもる秋も終はりて凪たつと渦なす紅葉窓に見てをり

今しがたわれに触れゐしひとの手が川の光を指してきらめく

ルートヴィヒ・フォン・ランゲンマンテル「サヴォナローラの説教」

焚書《オトダフェ》の火中を舞ひて真はだかのニンフ像みな美《うるは》しからむ

二〇一七年に「キャンセル」されかけた、バルテュス「夢見るテレーズ」

肉うすき腿をわづかに覆ひゐるスカートの深緋《こきひ》の禁色や

あとがき

歌を詠むことは、言葉による展翅だと思う。言葉にしなければはかなく飛び去ってしまう想念やイマージュを、あたう限り忠実に定型というピンで留めること。過去の記憶をたどりながら、こうして歌集に収められた歌を読み返すと、エピグラフにも選んだシャトーブリアンの『ルネ』の一節が改めて浮かんでくる。「わたしたちの心は不完全な楽器である。それは弦が何本か欠けていて、憂愁に割り当てられた調子にのせて歓喜の響きを奏でなければならない竪琴なのだ」。憂愁や感傷といった靄、そして時にはペダンティスムのヴェールをまとわせなければ日々の思いを展翅することができなかった、竪琴としての「心」の不完全さを顧みつつ、それが奏でた響きが誰かの心の琴に届き、共鳴する瞬間のあることを祈らずにはいられない。

歌集のタイトル『たましひの薄衣《うすぎぬ》』は、フランスの画家アンリ・マルタンの作品「静謐（Sérénité）」に取材した歌からとった。リヨン美術館にある「静謐」が親しみやすい控えめなサイズなのに対して、オルセー美術館にある「静謐」は幅五・四メートルにもわたる大作である。死者の楽園エリュシオンを描いたいずれの絵からも、魂たちの凛とした清冽さとともに、かすかな孤独感が漂ってくるように感じる。心と言葉、魂と肉体のあわいを心もとなくさまよいつづけながら歌を詠んできたが、いつかこの絵のような静謐さを歌でうつしとることができたら、と願う。

本歌集は、東京、ジュネーヴ、リヨンで過ごした十年ほどの間の歌から、三三三首を収めたものです。

刊行にあたって、二〇〇九年から指導してくださっている佐佐木幸綱先生、読書会に参加させてくださった横山未来子さまをはじめとする「心の花」の諸先輩方、本郷短歌会でお世話になったみなさまに深くお礼申し上げます。また、フランス文学研究の道へと導いてくださった恩師でもある野崎歓先生、そのおかげで短歌を辞めずに続けられている一言をくださった水原紫苑さま、その比類ない学殖に深いあこがれを寄せてきた星野太先生から栞文を賜われたことは、歌集にとってこの上なく幸いなことでした。

尽きせぬ感謝の念を記します。歌集を編むにあたって懇切な助言をくださった畏友大森静佳さん、歌集刊行のきっかけをくださった書肆侃侃房の藤枝大さまおよび田島安江さま、装幀を担当してくださった須山悠里さまにも感謝申し上げます。

最後に、いつも一番近くで見守ってくれている夫、「カントさん」こと菅原皓に、この歌集を捧げます。

❦ ❦ ❦

二〇二二年十二月

菅原百合絵

※本歌集に収められたエピグラフ等における翻訳は、断り書きのない限りすべて拙訳によるものです。冒頭のシラー『人間の美的教育について』からの一節は、仏訳から重訳したうえで、ドイツ文学者の友人、二藤拓人さんに助言をいただきましたが、その不備の責任は菅原にあります。

■著者略歴

菅原百合絵（すがわら・ゆりえ）

1990年東京都生まれ。「東京大学本郷短歌会」「パリ短歌クラブ」元会員（現在いずれも解散）。短歌結社「心の花」所属。東京大学大学院人文社会系研究科博士課程単位取得退学。パリ・シテ大学（旧パリ第七大学）博士（学術）。専門は十八世紀フランス文学・思想。2023年に歌集『たましひの薄衣』を刊行、同歌集で第49回現代歌人集会賞を受賞。現在、京都大学人文科学研究所准教授。

歌集　たましひの薄衣《うすぎぬ》

二〇二三年二月二十日　第一刷発行
二〇二三年十一月十三日　第二刷発行

著　者　菅原百合絵
発行者　池田雪
発行所　株式会社 書肆侃侃房（しょしかんかんぼう）
〒八一〇-〇〇四一
福岡市中央区大名二-八-十八-五〇一
TEL：〇九二-七三五-二八〇二
FAX：〇九二-七三五-二七九二
http://www.kankanbou.com info@kankanbou.com

編　集　藤枝大
DTP　黒木留実
印刷・製本　モリモト印刷株式会社

ISBN978-4-86385-561-8　C0092